I0521091

Y tiritas azules

o los sapos son viejos

María Milnne

Y tiritas azules o los sapos son viejos

Primera Edición

© Yulkie Sánchez Molina, 2013

Publisher: Greity González Rivera

Editor: Ernesto Pérez Castillo

Ilustración de portada: Eric Silva

Manufactured in United States of America

ISBN-13: 978-06158225243 (La Pereza Ediciones)

ISBN-10: 0615825249

La Pereza Ediciones, Corp

11669 sw 153 PL

Miami, Fl, 33196

United States of America

Ph: 786-2947808

www.laperezaediciones.com

Zánder, este libro te pertenece desde antes de nacer.

A mi hermana Diamaris se lo debo,

por las infancias que ahogamos en el pozo del guayabal.

A Lucy, mientras me espera para jugar a las princesas.

A mi vieja Cacherola, a mi Madre, a mi Papá.

Vuelve tu Creación a su sitio,

porque todos los que recurren a la Creación,

en la imaginación se perderán.

El Arte.

Un libro como un Sueño

Y tiritas azules o los sapos son viejos, es un libro del cual yo fui testigo desde su formación más elemental; es decir, los primeros atisbos en la creación de algunos personajes, los primeros borradores de algunas de las historias que hoy conforman el libro. Y sé que es un libro basado en un imaginario prolijo, un imaginario lleno de fantasía, inocencia y lágrimas, por qué no. Los que conocemos a la autora sabemos que este libro no es más que el espejo, yo diría, de su principal pasión: la niñez como estilo de vida. La autora no escribe desde la posición de una adulta que intenta entretener a los niños, sino desde la posición de una adulta que jamás dejó de ser niña, y cuando digo niña, pienso en sus inteligentes retozos y en su bondad y carisma como una niña verdadera. Y, quizás esas mismas cualidades son las que la autora derrama sobre sus historias: retozo inteligente e inocente.

Otro punto del cual los lectores podrán sacar provecho es la poesía simple y sobrecogedora de casi todos los textos del libro. Desde el título la autora anuncia que vendrá por el camino, siempre nuevo, de **Excilia Saldaña** o tal vez de **Antoine de Saint-Exupéry**. Pero alguien dijo una vez que la poesía era infinita e infinitas formas tenía. El lector descubrirá, por ejemplo, que las tiritas azules son recortadas del cielo, y que la imaginación y la inocencia también tienen pequeñas manchas oscuras. *Y tiritas azules...* es un libro hecho sólo para los de imaginación amplia y rostros puros. Invito, pues, a los lectores a recorrer el libro como se recorre un sueño maravilloso del cual nos negamos a despertar.

Yannit Pozo Castillo

La denuncia

-Señor, quiero presentar una denuncia.

-¿Cuáles son los cargos?

-Exceso de nostalgia y robo a corazón abierto. *(Pausita.)* Permítame explicarle. Antes de antes de antes de antes de antier fue domingo; se casó la gata de Juan Pirindingo. Papá Grillo y yo...

-Querrá decir Pepe Grillo.

-No. Grillo es mi papá. Él es jardinero y solista. O sea, no es uno de esos hombres que canta solo, sino, que arreglan el sol, ¿comprende? Pues bien, Papá Grillo y yo fuimos a ver si algunas de las piedras que sembramos habían florecido, porque a la gata de Juan Pirindingo le gustan las flores de piedra y como era el día de su boda... Lo cierto es que ni una sola piedrecita había nacido y cuando mi papá vio ese fenómeno se entristeció mucho. Una piedra en su camino le dijo que su destino era sembrar piedras, y la verdad es que no ha quedado una piedra que mi papá no siembre. Se pasa la vida buscando piedrecitas y a veces son ellas las que lo buscan, porque usted sabe que las piedras (y las personas) rodando se encuentran. Tanto entristeció mi papá que la nostalgia primero le dio picazón en los pies. Todo el cuerpo se le llenó de burbujitas de nostalgia…, y por último, ella lo obligó a abrirse el pecho en el lugar donde late el corazón.

-¿Dónde estaba usted cuándo ocurrieron los hechos?

-Cerca de mi papá. Pero él no me dejó intervenir porque siempre ha dicho que la nostalgia se pega y es mejor tener conjuntivitis. Entonces, ella aprovechó que a mi papá se le veía el corazón, le robó un espacio vacío que él tenía reservado para días de mucha soledad, hizo un nido, y allí se quedó.

- ¿Cuáles son esos días?

-Los días de mucho sol, señor. Papá Grillo siempre tiene un espacio vacío en su corazón para guardar en los días que hay abundante sol.

-¿Dónde está su padre ahora?

-En nuestra casa. Acostado en la cama. No quiere comer, ni bañarse, ni hacer Algo de Todo.

-Y, ¿por qué usted vino hoy a presentar la denuncia y no el domingo?

-Porque mi papá quería esperar. Dice que mientras los días van pasando la nostalgia es menos. Pero como está cada vez peor, decidí venir.

-Hágame el favor, llene este documento.

-¿Qué debo escribir?

-Tres motivos por los que su padre volvería a estar feliz.

-¿Encarcelarán a la nostalgia?

-¡No lo sé, niña, hay que investigar! Todo depende de tu padre. ¿Querrá vivir con la nostalgia anidada en el corazón?

Papá Grillo y los gatos

Cuando mi padre era un niño tenía un rebaño de gatos. Así como los pastores tienen un rebaño de ovejas y las llevan de pradera en pradera para alimentarlas y las protegen de los lobos, Papá Grillo tenía un rebaño de gatos. Siameses y orientales, persas y exóticos, salvajes y domésticos, gatos de los bosques de Noruega, gatos sagrados de Birmania, gatos siberianos, turcos, gatos de pelo semilargo y hasta de pelo corto y somalí. Generalmente los gatos actuales pueden vivir entre los diez y quince años. Aunque dependiendo de las condiciones en que el animal viva puede llegar a los veinte. Gracias a un trabajo del colegio inicié mi investigación. Me reuní con los expertos en Gatología y ellos aseguraron que los gatos tienen siete vidas. La mayoría de los gatos del rebaño de mi papá tenían entre ciento treinta y ciento cincuenta años. Pero ese dato es una reliquia familiar y no se lo dije a los expertos.

Mi padre los amaba. Había uno que llamaba su atención por encima de los demás. Era un gato sencillo, excepto que tenía cuatro manos en lugar de cuatro peludas patas. Por las mañanas, antes de ir a la escuela, todos los felinos se despedían de él ronroneándole cerca de los pies. Todos menos uno, el gato sencillo, quien sencillamente estiraba una de sus cuatro manos y lo saludaba. Lo despedía con un adiós muy particular.

Es cierto que el flautista hizo un trabajo muy importante con los ratones de Hamelín, pero si no hubiera sido por mi papá la faena no se habría terminado. El flautista alejó a los roedores atrayéndolos con la música de su flauta; los condujo hasta el rebaño de gatos y ellos se comieron todos los ratones. Como al flautista no le convenía perder mérito, omitió esta parte y habrán leído en la historia que no se menciona ni a mi papá, ni a su rebaño de gatos.

La primera vez que mi padre llevó su rebaño al tejado más alto del mundo, fue para cumplir la divertida tarea de rascarle la espalda a cielo; de ahí que esos tejados tan elevados son conocidos como rasca-cielos. Dicen los astronautas que el cielo padece de insomnio y por eso siempre está ahí, despierto, algunas veces con la luz encendida y otras apagada. Y ese insomnio perpetuo le da picazón en la espalda. De vez en vez mi padre iba con su rebaño a rascarle, porque es bien sabido que los gatos tienen pesuñas afiladas y esas son las mejores en caso de una irresistible picazón cielística.

En cierta ocasión, uno de sus gatos se extravió. Por supuesto, si a un niño que tiene cien gatos se le pierde uno, ¿no dejará los noventa y nueve en el rasca-cielo y saldrá a buscar el que se le había perdido? ¡Eso hizo mi papá! ¡Y si llega a encontrarlo, es seguro que se alegrará más por él, que por los noventa y nueve que no se habían perdido!

Después de buscar y rebuscar, un atardecer, encontró mi padre al gato extraviado. Estaba sentado en el desierto, mirando el horizonte como si estuviera poblado. Sí, hasta el desierto fue mi padre en busca de su gato, y gracias a eso descubrió que era un gato parlante. Cuando el gato vio a Papá Grillo le dijo: "los demás están ajenos; pero para no escandalizarlos, vete al mar, echa el anzuelo y el primer pez que pique sujétalo, ábrele la boca y encontrarás una moneda, la tomas y la das por mí y por ti".

No estoy segura de que mi padre haya hecho lo que el gato parlante le pidió, pero como él siempre ha dicho que era un niño muy obediente, supongo que sí.

Él era muy feliz con su rebaño, pero a medida que iba creciendo los gatos se marchaban. Tanto creció hasta que se quedó sin gatos. He oído decir que aquel que usaba botas se quedó atrapado en un cuento, y a otro que le decían "cara de vinagre", una viejita que fuma tabaco se lo encontró y le compuso una canción.

Sinceramente, yo no sé por qué les cuento todo esto. Ya mi padre no es un niño y a mí me gustan los perros.

Cómo nací yo

Apasote engendró a Hierbabuena, Hierbabuena engendró a Sábila, Sábila engendró a Escoba-amarga y a Caña santa. Escoba-amarga engendró a Ruda y a Romerillo, Ruda engendró a Tilo, Tilo engendró a Caña india, Caña india engendró a Orégano, Orégano engendró a Abre caminos, Abre caminos engendró a Albahaca, Albahaca engendró a Cundiamor de Monte, Cundiamor engendró a Vicaria de Jardín, Vicaria engendró a Mandrágora y Mandrágora engendró a mi padre.

Margarita engendró a Rosa, Rosa engendró a Amapola, Amapola engendró a Azucena y a Girasol, Azucena engendró a Clavel y a Jazmín, Clavel engendró a Gladiolo, Gladiolo engendró a Tulipán, Tulipán engendró a Nomeolvides, Nomeolvides engendró a Violetas, Violetas engendró a Galán de Noche, Galán engendró a Azahar del Naranjo, Azahar engendró a Mariposa Blanca, y Mariposa Blanca engendró a mi madre.

Mi padre y mi madre plantaron alrededor de la casa un campo de Mandrágoras y Mariposas blancas; por debajo del sembrado de Mandrágoras pasaba un arroyo de lágrimas de cocodrilos; por debajo del sembrado de Mariposas blancas pasaba un arroyo de polvos de pelos de punta. Los afluentes se cruzaron y crearon un mundo subterráneo. En el mundo subterráneo vivían perros sin cabezas; los perros adoraban al Dios del Miedo que era representado con un Tótem.

Una noche mis padres escucharon una conversación entre la casa y el Tótem del Miedo, el Tótem del Miedo le anunciaba a la casa mi nacimiento. Le dijo: "Esta niña escribirá con la derecha, pero será ambidiestra, se levantará con el pie derecho, pero caminará con zapatos".

Dicen que yo nací con una estrella en la frente. Al principio la usamos para alumbrar la casa, pero fueron tantos los apagones que la estrella se quedó sin batería. En el mismo lugar donde estaba mi estrella, ahora tengo un granito. No alumbra, pero es un granito de mostaza.

Las cucarachas de Getsemaní

Cuando Papá Grillo tenía diez años visitó un lugar llamado Getsemaní. Mi abuelo trabajaba en el circo y recorrían todos los pueblos. El abuelo (de cuyo nombre no puedo acordarme, porque no tiene) era domador de cucarachas. ¿Por qué mi abuelo no tiene un nombre? Nadie lo sabe, dice Papá Grillo que él siempre le dijo Padre, mi abuela le dice Esposo, sus compañeros del circo lo llamaban Amigo, y las demás personas le dicen Señor. Ha pedido que escriban este epitafio cuando no esté: "Aquí yace Aquel, de cuyo nombre no puedo acordarme." Cuentan que un escritor español se hizo famoso después que conoció al abuelo y se inspiró en el epitafio para iniciar su novela. ¿Cómo se llama? No lo sé, pero su nombre suena a servilletas. ¿Cuáles cucarachas? ¿Getsemaní? Pues... ¿la verdad?, no me acuerdo. Y tú, ¿cómo te llamas?

Y tiritas azules o los sapos son viejos

Puedo decir muchas mentiras por las mañanas. Depende de cómo esté el clima. Si es una mañana de invierno, no, porque los sapos son viejos y es fácil para ellos delatarme. Las ardillas son los animales más mentirosos del mundo, y como los sapos comen ardillas, conocen todas las mentiras posibles. En cambio, si es una mañana de verano, sólo tengo que subir al cielo y picarlo en tiritas azules. Papá Grillo siempre dice que los niños no deben decir mentiras, pero sólo los niños; ¡las niñas sí podemos!

Hoy, por ejemplo, llegué tarde a desayunar y él me regañó. Yo le expliqué que estaba en el cielo picando las tiritas de mentiras azules. Dijo que yo era una mentirosa. Y yo digo que es malo decirle a una niña mentirosa. Entonces le dije que se asomara por la ventana, así podría ver los parchos de algodón blanco con que zurzo los huecos que le hago al cielo. Pero él dijo que no eran parchos, sino, nubes. ¡No me gusta darles explicaciones a los adultos! Ahora mi papá anda preocupado por un hueco que hay en la capa de ozono, ¿pero cómo puedo decirle que fue culpa mía? Estaba recortando el cielo y se me escapó la tijera. Si le digo eso, creerá que soy una mentirosa. ¡Y no lo soy!, no esta mañana; nunca digo mentiras en otoño y primavera.

Foto de familia

Sí, esa es mi mamá, el de la esquina es Papá Grillo, esta soy yo y... ese que está al lado de mi mamá es mi hermanito; no ha nacido todavía pero lo queremos mucho. Bueno, él supo que íbamos a tomarnos una foto familiar y vino. No está de viaje, está en otra vida. La semana pasada mandó una carta y dijo que cuando terminara de hacer lo que estaba haciendo en esa vida, venía a dormir nueve meses en la barriga de mi mamá para volver a nacer. Papá Grillo es el que sabe bien cómo es eso, dice que en otra vida yo era escritora y que en esta soy mentirosa. Yo creo que él era domador de cepillos de dientes. ¿Por qué? ¿Tú no has visto cómo él se lava los dientes sin agarrar el cepillo con la mano? ¿Eh?, ¡más mentiroso eres tú! *(Enojo)*. Está bien, te disculpo.

Claro, tú no tienes cuerpo porque eres mi amigo imaginario. Cuando ibas a venir de la otra vida no había barrigas disponibles y como en mi imaginación había espacio te enviaron conmigo. ¡Recórcholis, apagón otra vez! Después te cuento esa parte…. ¡Corre, corre, busca una red de pescar calor que tengo debajo de la cama! ¡Tenemos que aprovechar, cuando quitan la electricidad el calor se pone mansito mansito!

Quejas y sugerencias

En nombre de los niños que leen cuentos infantiles y representando al barquito de papel, Yo, la niña que se hace pipi en la cama, le pido al Presidente de la Fantasía que de una solución a estos problemas:

Ayer en la noche se armó tremenda confusión en la oficina de mis sueños. Resulta que los hermanos Grimm querían una bicicleta para darle la vuelta a Inglaterra en ochenta horas, pero ¿de dónde iba yo a sacar una bicicleta si lo que tengo es un par de patines?, y como ellos son dos, no podía darle los patines a uno y al otro no. Hasta aquí, señor Presidente, usted ha podido ver que soy una niña justa. Ricitos de carbón –quien se cambió el nombre porque ya su pelo no es de oro– vino a quejarse de que Pinocho no quería regalarle su nariz para hacerse el pelo. ¿Le parece extraño que Ricitos tenga el pelo de madera? Bueno, no se alarme, ¡yo tomo leche en pomo y a mí no me gusta la leche! Después llegó Blanca Nieves (más negra que un totí) fajada a los piñazos con los siete enanitos. Se puso a jugar bolas con ellos y la rucharon. ¡Ya estoy cansada de decirle que las hembras no juegan con los varones! La Caperucita Roja, obsesionada con todo lo rojo, intentó robarme la mochila de la escuela. Y realmente me preocupa su abuelita, porque creo que en vez de caldo le va a llevar sangre instantánea. ¿Será vampira la Caperucita? Mmm... ¡tendré que investigar!

Señor Presidente, estos son algunos detalles de lo que sucede a nochario en la oficina de mis sueños. Como usted comprenderá, así yo no puedo dormir. Aquí le traje algunas sugerencias.

Que Pinocho le regale su nariz a Ricitos, a fin de cuentas él siempre dice mentiras y le puede volver a crecer. Ponga de castigo a Blanca Nieves por ser tan marimacha y a la Caperucita Roja cómprele una capa verde. Con los hermanos Grimm yo no sé qué usted va a hacer, pero lo que soy yo, no pienso prestarle mis patines, porque después tengo que subir al cielo por una escalera grande y otra chiquita.

Le ruego que haga algo lo más urgente posible. Estos son algunos de los cuentos, ¿se

ha puesto a pensar qué pasará cuando lea los
otros?

Besos al por mayor y menor

¡Por supuesto que sí, necesito el dinero! Si puedo reunir todo el dinero del mundo, mucho mejor, porque ya sé dónde lo voy a esconder: ¡en una cueva con murciélagos! Lo que sucede es que cuando le pido a Papá Grillo que me compre un juguete, me dice que no tiene dinero. Pero yo sé que sí tiene, lo que pasa es que a él le gusta guardarlo. Por eso, si yo pudiera esconder todas las monedas y el dinero de papel en una cueva con murciélagos, nunca lo encontrarían. Así, cuando quiera un juguete, yo misma lo podría ir a comprar. No con dinero, claro…sino, con besos, abrazos, sonrisas y esas cosas que están tan caras en los mercados.

La semana pasada fui a comprar un beso para mi mamá; era su cumpleaños. Pero no pude, ¿saben cuánto me costaba aquel beso? ¡Dos mil pesos de papel y tres mil monedas! ¿De dónde iba a sacar esa suma? Además, el beso no valía ese precio, ¡de aquí a la Muralla China se veía que estaba vencido! Yo le dije al vendedor que me dejara tocarlo y él no quiso. Claro, sabía que me iba a dar cuenta que era un beso usado. ¡Pero se lo dije, le dije que era un estafador de besos, y que lo iba a decir en todo el barrio para que nadie le comparar besos a él, que era un abusador y que él no sabía con quién se estaba metiendo, porque los besos que yo hago son mejores que los que él vende! ¡No sé por qué dejan que personas así vendan besos!

Estaba tan molesta que fui y me encerré en mi cuarto a redactar un manifiesto en contra de "El beso vencido". Después hice un beso de papel, con mis propias manos, y se lo regalé a mi mamá. Le conté lo sucedido y ella dijo que éste le gustaba más porque se podía colgar en un cuadro.

Ya lo tengo todo planeado, voy a hacer una subasta internacional de caramelos para recuperar todo el dinero del mundo. Esa es la mejor manera, porque a todas las personas del mundo les gustan los caramelos. Después será más fácil ir de compras:

-¿Cuánto vale ese sueño?

-Cinco besos.

-Aquí tiene: uno, dos, tres, cuatro, cinco…y hasta uno más de propina.

Subasta

¡Vengan señoras y señores! ¡Lleguen a la subasta más oscura de la historia! ¿Quién da más? ¿Quién da más? ¡Vengan señoras y señores! ¡Lleguen a la subasta más oscura de la historia!

¡Silencio, por favor! ¿Ya estamos todos? Bien, hoy vamos a subastar la noche. Comenzaremos por las estrellas y las constelaciones. Saquen todos sus telescopios y observen las constelaciones circumpolares que serán vendidas.

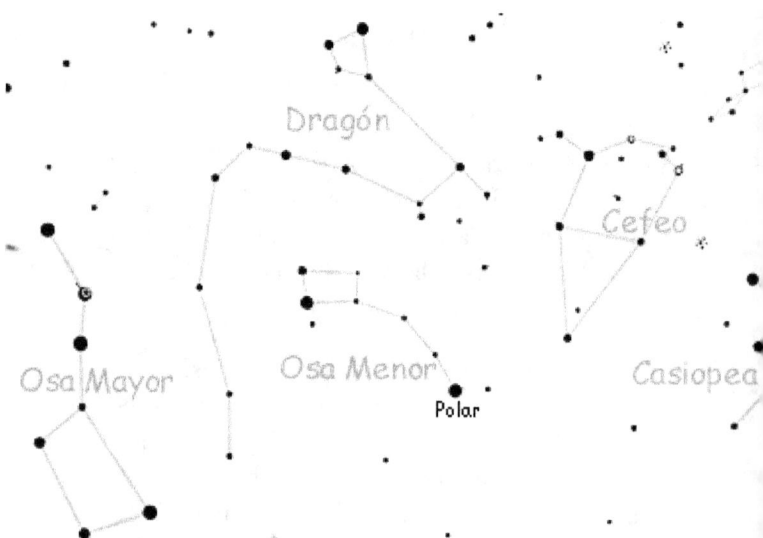

Los únicos que pueden optar por ellas son los habitantes del desierto. Como ustedes saben, circumpolar significa alrededor del polo, así pues, estas son las constelaciones que están cerca del Polo Norte, y a los habitantes del desierto les vendrá bien un poco de frío. Además, estas constelaciones son visibles durante todo el año, ya que en su giro alrededor de la estrella Polar no se llegan a ocultar en el horizonte. Fíjense que la estrella Polar queda en medio de la Osa Mayor y Casiopea y que Cefeo tiene forma de casita que apunta al polo.

"¡Un grano de arena ofrece el señor que esta vestido con sábanas blancas! ¡Dos granos de arena! ¡Tres ofrece el señor del Sahara! ¿Quién da más? ¡Tres! ¡Tres granos de arena por las constelaciones circumpolares! ¡Tres granos de arena a la una, tres granos de arena a las dos, tres granos de arena a las tres! ¡Vendida al señor del camello!"

Nuestra segunda oferta es para los españoles. Se trata de las veintiséis estrellas más brillantes. Esas no son visibles desde España, ya que pertenecen a constelaciones del hemisferio sur, por eso se las venderemos a ellos, para que las puedan disfrutar cada vez que lo deseen. Por lo visto, los españoles venían preparados, ahí vemos como cada uno ha levantado su cartel haciendo la petición. Muy bien, las estrellas Sirio, Conopus y Rigil Kent, serán vendidas por un baile flamenco al señor del telescopio de palo. Arcturo, Vega, Capella, Rigel, Procyon y Archenar, serán vendidas al señor de rojo y negro por una corrida de toros. Las estrellas Betelgeuse, Hadar, Altair, Aldebarán, Espiga y Antares son para el señor de Barcelona, quien nos ha ofrecido una lona especial para hacer balsas. Y por último, las estrellas Pollux, Fomalhaut, Deneb, Mimosa, Regulo, Adhara, Acrux, Castor, Gacrux, Shaula y Bellatrix serán vendidas a la señora Sara, quién ha venido desde Zaragoza, y goza de la alegría eterna. Ella nos ofrece a cambio de estas estrellas brillantes, algunas porciones de felicidad.

Ahora, mis fanáticos coleccionistas nocturnos, nuestra tercera oferta. Esta vez se trata de las estrellas fugaces. Comenzaremos con un ofrecimiento mínimo de un amor eterno por todas las estrellas fugaces del mundo. ¿Quién da más? Allí, el señor del corazón en pedazos ofrece dos amores eternos. ¡Tres! ¿Alguien dijo tres? ¿Tres amores eternos? Lo siento, señora, se demoró en levantar la mano y estas estrellas son fugaces. Se fueron, lo siento.

Pasemos a uno de los adornos de la noche más esperados por los presentes: ¡la Luna!

La Luna es el único satélite natural de la Tierra y el quinto satélite más grande del Sistema Solar. A pesar de ser el objeto más brillante en el cielo luego del Sol, su superficie es en realidad muy oscura, con una reflexión similar a la del carbón. Por tanto, no sólo los poetas, trovadores y astronautas podrán ofrecer sus obras e investigaciones para ganarla, sino, los carboneros que se encuentran en esta sala.

Muy bien, un poema a la Luna, ¿quién da más? Un viaje, ¿quién da más? Una canción, otro viaje, otro poema, ¿quién da más? ¿Qué dijo usted, señor? Perfecto, vendida al carbonero.

Una pregunta, señor carbonero, en qué lugar de su casa va a poner la luna. *(Pausa.)* Ah, perdone, no sabía. Dice el señor carbonero que no tiene casa, pero que la Luna lo acompañará siempre iluminando los lugares por donde pase.

Para concluir esta subasta, estimado público, en nombre de la Cátedra del Miedo y la Justicia, queremos entregar el manto negro de la noche a los compañeritos, Drácula, Batman, El Zorro y a todos aquellos que usan capa negra. El resto de los atuendos de la noche (grillos, luciérnagas, búhos, murciélagos, etc.) serán donados al Museo Nacional de las Nocturnidades. ¡Gracias por haber venido y tengan todos un día eterno!

-¡Uf, pensé que no iba a terminar jamás. Subastar la noche es más agotador que subastar caramelos!

El cielo tiene cocorícamo

-¡Ay, mi Cielo!, ¿por qué te pones así? ¡Cálmate, no me gusta para nada verte de esa manera! ¡Apuesto tres colores del arcoíris a que te volviste a enfadar en Hong Kong! ¡No sé para qué vas tan lejos a discutir! Tú sabes que los chinos saben artes marciales, ¡pero eres más cabezón que Pepe Cabeza! ¡Mira cómo tienes las nubes, negras de tanta pelea! ¡No, pero a ti no se te puede decir nada, tú eres el Cielo y a ti hay que dejarte porque eres infinito! ¡Al final, la que tiene que aguantarte soy yo! ¡Te dan cuatro patadas y vienes poniéndote negro desde Hong Kong hasta mi casa, encima me lloras toda la ropa! ¡Primero me gritas, porque no sé qué te pasa que no puedes llorar sin antes gritarme! ¡Ni que yo tuviera culpa de que en China sean tan violentos! ¡Vamos a tener que analizarte en el Consejo porque tus modales no son los de un Cielo! ¿Qué es eso de estar escupiendo fuego? ¡Eso es sucio, además, asusta a la palma real que está en el patio! ...¡Pobrecita, la semana pasada escupiste un rayo cerquita de ella, y se estremeció tanto que se le cayeron las pencas! ¡De verdad te lo digo, tienes que cambiar! ¡Ya tú eres grande mi Cielo, no es para que andes en esas tonterías! ¡Sí, sí, sí, llora todo lo que vayas a llorar aquí tranquilito, sin que el viento te vea! ¡Tú sabes cómo es el viento de solidario y si se entera que estás llorando querrá venir, y tú sabes que a mi mamá le da terror el llanto con viento! ¡Espera, traeré unas mariposas, algunas aves y una caja de crayolas verdes que compre en Todo por un Sueño!"

¡No tengas pena, te regaño porque te quiero! ¡Somos amigos, y los amigos se apoyan! ¡Sé que te gusta ver todo reverdecido después de llorar, y te entretienes mirando a los niños hacer represas y barquitos de papel! ¡No te vayas, regreso enseguida!

(Treinta segundos después)

¡Oye, Cielo!, ¿dónde vas? ¡Cielo, espera! ¡Mira, traje mariposas de cristal! ¡Cielo, Cielooo….Cieloooooo! ¡Ahí va otra vez, a fajarse con los chinos de Hong Kong! ¡Hay que dejarlo, el Cielo tiene cocorícamo!

El Libro de Papá Grillo

A Papá Grillo se le ha extraviado un libro. ¡Juro que no lo tengo! A mí me gusta leer, pero cuando él lo trajo a casa dijo que no podría leerlo hasta que tuviera su edad, y lo escondió no sé dónde. Además, creo que ese libro no me va a gustar. Lo primero que veo en un libro es su portada, si me llama la atención, sé que lo leeré hasta el final. Ese tenía unas sombras y unos obstáculos pintados por fuera. No me agrada ver a mi papá enojado o triste. Se le ponen los ojos negros y todo lo que mira se ve oscuro. ¿Quieren que se los demuestre?

-Papá Grillo, ¿quién soy yo?

-Mi hija.

-Ah, sí, claro, me conociste por la voz. ¿Cuántos dedos tengo aquí?

-Cinco.

-Esa es fácil. Sabes que me gusta el número cinco por las cinco puntas de las estrellas. ¿De qué color tengo el pelo?

-Negro.

-¿Ven?, está triste, mi pelo es rubio. Grillito, ¿por qué te entristece la pérdida de ese libro?

-No es un libro cualquiera, es "El Libro de la Vida".

- Y eso, ¿qué?

-No lo entenderías.

-Si me lo explicas, sí.

-El Libro de la Vida es único. En sus páginas está toda la historia de nuestra vida, lo que hicimos bien y lo que hicimos mal, las decisiones que tomamos y los amores que dejamos ir. Los caprichos que tuvimos, los sueños que realizamos, todo está ahí. Cuando lo lees, te das cuenta de lo que pudiste hacer mejor para ayudar a la Vida, y si todavía estás a tiempo de hacer algo más por ella. Perderlo es como perder el camino que debes seguir.

-Pero eso no es tan grave, Papá Grillo. Yo tengo una vida nueva en la gaveta, la que me regaló mami el día de los niños, ¿recuerdas? Es una vida amarilla. Yo sé que no te gusta el amarillo, si quieres la pintamos, aunque yo creo que el color de la vida no es tan importante, sino, la vida en sí. ¿Qué dices? Mira, tengo una idea. Salgamos a dar una vuelta en bicicleta con mi vida y tu vida nueva, las llevamos al parque para que corran y se sientan libres. Les compramos helados y las llevamos al circo, a todas las vidas le gusta reír. Jugamos a los escondidos con ellas, y cuando estén aburridas las tiramos en la fuente de agua fría. ¡Hasta con la cara mojada las vidas son lindas! Después vamos a la casa de algunos de esos hombres solitarios que escriben los libros que tú lees, y le damos más tiempo con su vida. Se alegrará tanto que volverá a escribir el "El Libro de la Vida", y hasta puede que te lo regale autobiografiado y todo.

-No, hija, "El Libro de la Vida" debe escribirlo uno mismo.

-No se me ocurre otra cosa, Papá Grillo. Te veo así tan triste y se me quiere partir en dos el corazón. Y eso es peor, lo sabes. Si es difícil alimentar un corazón, ¿te imaginas hacer comida para dos corazones? Bueno, busca bien, a lo mejor lo escondiste tanto que ahora no sabes dónde está. *(Suena el teléfono.)* Espera.

¿Aló? Sí, la misma que escucha y habla. En un cinco por cinco estoy ahí. Grillito, debo irme, un arcoíris se atoró en la línea del tren, pero cuando regrese te ayudaré a buscar tu libro. A ver, ¿qué tengo aquí?

-Un beso.

-Tengo dos, uno de vicarias y otro de no me olvides, ¿cuál quieres?

-Los dos.

-Tómalos. Adiós, Papá Grillo.

-Adiós.

Oficios

Desarmo y armo familias. Aprendí con la mía. Mamá y Papá Grillo no sabían nadar juntos dentro de la casa. Él tenía un traje de buzo muy viejo. Muchas veces en la cocina, mientras ella remaba de un lugar a otro para hacer la comida, él sacaba la cabeza para tomar aire y seguir buceando. Eso la molestaba mucho; nada incomodaba más a mi mamá que tener a papá debajo del bote enredado con algas y peces. Por eso, hice lo que tenía que hacer: abrí el tapón y saqué toda el agua. Compré una casa nueva y la llené de aire, ahora los dos están contentos, a ellos les gusta volar. El agua los tenía separados, pero el aire los ha unido.

Pinto flores que no se abren de día. Papá Grillo trajo unas semillas del jardín negro y las sembró en la entrada de la casa. Mamá se molestó porque a ella en las noches le gusta ver la televisión, o leer, y no se adapta a la idea de salir a regarlas en la oscuridad. Pero desde que yo las pinto ella no está brava con él, sino conmigo, porque uso su pintalabios. No se da cuenta de que así es más fácil, sólo tiene que arrancar una flor y maquillarse. Claro, de ninguna manera ella haría algo así, siempre ha dicho que las flores no se deben arrancar y por eso en la casa no hay búcaros con agua fresca.

Construyo pozos para el mal genio. Ahí guardo todas las peleas de mis padres y, si por casualidad discuten cuando no estoy en casa, ellos solos van al pozo y arrojan su mal genio. Nadie sabe el trabajo que le cuesta a una niña educar a sus padres, pero con amor, todo se puede. Eso lo aprendí de mi abuela, que era una mujer muy sabia y hacía pozos para guardar silencios. Yo he querido pescar algunos para cuando vamos a la playa, porque no me gusta tomar el sol rodeada de tanta algarabía. Pero no he podido; son silencios tristes y es difícil atraparlos. Una tarde estuve a punto de pescar un silencio azul, vino un silencio rojo y se lo comió antes de que yo pudiera tirar del anzuelo. Siempre pasa que los silencios más grandes se comen a los más pequeños.

Nadie me paga por desarmar y armar familias, ni por pintar flores que no se abren de día, y muchísimo menos por construir pozos para el mal genio, pero Papá Grillo dice que uno no debe hacer las cosas esperando algo a cambio. El dice que todas nuestras acciones deben hacerse de buena voluntad, y sobre todo, debemos amar nuestro oficio.

Cuando sea grande me gustaría hacer estas mismas cosas y hacer otras que los adultos no saben hacer.

Consejos

Estos consejos para la distancia los inventé por Reinaldo, mi mejor amigo. Él vive con sus abuelos, sus padres se fueron para otro país cuando tenía cuatro años. Casi no se acuerda de ellos, pero los extraña mucho y a veces se pone triste porque están muy distantes. Es un país que no está en el mapa, por eso no puede mandarle cartas ni postales.

1. Lo primero es creer que la distancia es como las nubes, sabemos que están en el cielo, pero si nos tapamos los ojos no se ven. Lo que Reinaldo tiene que hacer es taparse los ojos para no ver la distancia.

2. Sería bueno comprar una tijera gigante para recortar la distancia. No digo que la corte de una sola vez, porque hay distancias que son como el cabello, cuando se corta agarra más fuerza para crecer.

3. Reinaldo dice que con el tiempo la distancia se hace más grande, porque el tiempo pasa lento. Lo que tiene que hacer es adelantar todos los relojes del mundo hasta el día en que sus padres están supuestos a regresar.

4. Por último, y esto es lo más importante, tiene que ir a la Edad Media y traer un traje como los que usaban los caballeros medievales. Es la única forma de luchar contra ella sin que lo derrote. La distancia sabe disparar directo al corazón, pero si él se lo cubre con una armadura, ella no puede hacer mucho daño.

Por si acaso estos consejos no resultan, se me ocurre que Reinaldo puede llenar una mochila con recuerdos, así no tendrá tiempo de pensar en la distancia. Pero, no sé, porque a veces Papá Grillo recuerda cosas que lo ponen muy triste y dice que uno debe domar los recuerdos antes de traerlos a la memoria. De cualquier manera, pienso escribirle a los chinos para que inventen una maquina que borren recuerdos tristes.

La escalera

Unos dicen que sí, otros dicen que no;
yo digo que no sé. Si digo "creo que sí"
o "creo que no", ahí está el problema,
en que dije *creo*. Creo viene del verbo
creer, que significa creer en algo, y
cuando unos dicen que sí y otros dicen
que no, yo digo "no sé" y así no creo
en nada. Si tú no quieres creerme ese es
tu caso, no el mío. Mi caso es hacer la
escalera de relojes para subir al cielo.
Ahora, si no crees, ese es tu caso, no el
mío. Mi caso fue robar –perdón- rodar,
traer hasta aquí todos esos relojes para
hacer la escalera. Unos dicen que sí es
difícil hacer una escalera de relojes para
subir al cielo, otros dicen que no; yo
digo que no sé para que unos dicen una
cosa y otros dicen otra si ninguno hará
la escalera. Lo que yo digo es que no es
mi caso escuchar lo que ellos dicen. Mi
caso es atornillar bien estos relojes uno
encima de otro hasta que lleguen al
cielo. Mi caso es subir al cielo por esta
escalera de relojes y componer el Reloj
Mundial. Se descompuso ayer; unos
dicen que hoy, otros dicen que mañana.

Unos dicen que sí, que se descompuso por culpa del tiempo, otros dicen que no, que el tiempo no descompone los relojes; yo digo que no sé para que unos y otros se meten en los asuntos de la naturaleza del cielo y el Reloj Mundial. Desde hace tiempo muchas personas andan sin rumbo, pero ese no es mi caso. Mi caso es componer el reloj para salir…por vía marítima, (según los delfines la más segura) sin llevar mucho equipaje… sobre sus aletas…tras el arreglo del reloj mundial, hacia otras preposiciones:

"las preposiciones matemáticas y geográficas."

Unos dicen que sí existen esas preposiciones, otros dicen que no; yo digo que no sé por qué los unos y los otros se empeñan en saberlo todo cuando es mejor no saber nada de matemática y geografía. Si a ti te gusta la matemática y la geografía, ese no es mi caso. Mi caso es no hacerte caso. Mi caso es hacerte una casa, linda y grande, donde puedas jugar y correr y no molestarme más mientras hago esta escalera de relojes, porque unos dicen que sí es fácil hacer una escalera de relojes para subir al cielo, y otros dicen que no. Lo que yo digo es que no sé por qué pierdo el tiempo dándote explicaciones cuando se supone que no te las deba dar todas (debo quedarme con algunas)... ¡y si he perdido el tiempo es por tu culpa! ¡Ahora no sé dentro de cuál reloj el tiempo está perdido y tengo que subir y bajar la escalera hasta encontrarlo!

Mi abuelo

El abuelo no es simplemente un árbol viejo, de tronco huesudo y ramas semi secas. El abuelo también es un pez del desierto y un vaso de cristal hecho de barro. Escuché decir en la televisión que los seres humanos viven tres vidas: la vida pública, la privada y la secreta; pero él vive siete: esas tres y la vida de árbol, la de pez, la de vaso de cristal y la vida que jamás vivirá.

¿Será verdad que alguien puede hablar verde?

El abuelo habla verde, burbuja y fango. Su bigote es calvo y sus manos…bueno, no tiene manos. Tuvo, hace muchos años, pero eran dulces y se las comieron las bibijaguas. Cuando los adultos ven algo espeluznante, eso domina su mente. Papá Grillo vio morir al abuelo. Cuando una niña ve algo espeluznante, eso es parte de su imaginación. Yo vi volar al abuelo. Pero, cuando el abuelo ve algo espeluznante hace sonar los cascabeles de sus raíces, lanza sus escamas al cielo como bumeranes que no saben regresar y cuartea el miedo bajo el barro. El abuelo se vio marchar.

Esta mañana todos se han vestido de negro, todos menos el abuelo y yo. Él se ha puesto una corteza con áloe, abotonada con escamas fluorescentes. Le pedí que hablara verde y me vestí de hojas. Jugamos a "el primero que despierte tiene insomnio" y todavía está durmiendo. Mamá está muy triste porque piensa que el abuelo no despertará de ningún modo, pero cuando el abuelo se dé cuenta de que ha ganado el juego seguro despierta. Yo siempre pierdo, comienzo por dejar los ojos entreabiertos hasta que los abro completamente.

Estuve haciéndole cosquillas un rato, pero el abuelo está decidido a ganar este juego. Creo que dormirá de por vida. Debe ser aburrido dormir tanto, yo casi nunca duermo. Desde que el sol y la luna me nombraron su mensajera oficial no pego un ojo. De día copio los rayos que el sol escribe para ella, y en la noche se los leo. Después memorizo algunas estrellas que la luna le manda al sol... y así paso el tiempo, entre rayos soleados y estrellas lunáticas.

¡Sssss!... ¡Conversen bajito! Al abuelo no le gusta que hagan ruido mientras duerme. Él es muy estricto cuando está jugando.

Sí, claro, tiene muchos nidos y ha visto nacer más sinsontes que tú y que yo. ¡Y hasta tiene una serpiente de pimienta encuevada en sus raíces! Bueno, el abuelo no es simplemente un árbol viejo, de tronco huesudo y ramas semi secas. El abuelo también es un pez del desierto y un vaso de cristal hecho de barro. Escuché decir en la televisión que los seres humanos viven tres vidas: la vida pública, la privada y la secreta; pero él vive siete: esas tres y la vida de árbol, la de pez, la de vaso de cristal y la vida que jamás vivirá.

Manifiestillo

Maestra:

Antes de que acabe el castigo y la magia, concédame el intento de hacer unos actos que aprendí del mago Merlín.

Después de hoy, los niños de este grupo no tendrán que levantar la mano para pedir la palabra. Cada uno de ellos tendrá su propia palabra y lo que es mejor, su propia voz. Los que no tengan el valor de alzar la voz, levanten la cabeza y miren a los ojos de la maestra para que vean los volcanes de Chipichalapi.

A partir de este día queda prohibido decirle "cuatro ojos" a Carlitos, y "sindi" a los que hayan cambiado sus dientes de leche por una paleta. Ninguno de nosotros debe desesperarse cuando Manolito tartamudee si usted lo pone a explicar el ejercicio. Él no es tartamudo, usted lo pone nervioso.

Y para que vea que no soy una niña mala, le voy a dar un abrazo de ají picante y un beso de picapica. No le regalo un ramo de hormigas bravas porque a usted no le gustan las flores. Cuando salgamos al recreo voy a ponerle una rana bien fría en el bolso, para que se la unte si tiene calor. Usted debe hacer como que no sabe nada, para que sea una sorpresa y se asuste de verdad. No es bueno tener sustos de mentira porque se le cae el pelo, ¿y usted no va a querer que le digan calva, o si? ¡Eh!... pero, ¿por qué me castiga otra vez?

¿Se dan cuenta?, esto es lo que yo digo: ¡cuando la maestra es ciega, no valen libros forrados!

Jajinjajúm

Papá Grillo me contó algo muy interesante: cuando él iba a la escuela todos los niños hablaban con la P. Era una especie de Idioma único que utilizaban para planificar travesuras sin que las maestras se dieran cuenta. Pero un día las maestras no sólo aprendieron el dialecto secreto, si no que habían ideado su propio idioma. En realidad no eran ellas las que hablaban, si no, una regla o palo que llevaban a todas partes y levantaban en tono amenazador ante cualquier situación. (Despesdepe epentoponcepes lopos nipiñopos depejaparopon depe hapablapar copon lapa Pepé, ypi lopo quepe fuepe pepeopor, depejaparopon depe ipinvepentapar ipidiopomapas.) Bueno, no todos los niños: los bebés todavía tienen su dialecto secreto, pero es tan complicado que ni entre ellos se entienden.

Esta mañana, después de escuchar a Papá Grillo contar cosas sorprendentes sobre los idiomas, he decidido crear un lenguaje para comunicarme conmigo misma. A veces necesito regañarme y no me atrevo a hablarme por temor a no hacerme caso. Si logro crear un sistema de símbolos o señales con los que pueda hablarme, evitaré cometer algunos errores. Por ejemplo: a mamá no le gusta que yo esté en la cocina mientras ella prepara la cena, pero siempre busco la manera de colarme y husmear. Cuando ella se percata de mi presencia, me agarra por una oreja y me sienta de castigo en el sillón de los fantasmas hasta la hora de cenar. En ese momento mi conciencia habla para recordar que me lo advirtió, pero casi nunca a escucho mi conciencia.

Lo que tengo que hacer es dividirme en dos. Una Yo que quiera colarse en la cocina y otra YO que se pare en la puerta y no me deje pasar. Será más divertido jugar a no dejarme pasar a mí misma que jugar a filtrarme en la cocina. Cuando yo intente escaparme por debajo de mis piernas, no podré hacerlo porque ya sabría de antemano que haría eso y lo evitaría. Y así con todo lo demás.

Yo tendré esta misma voz y la otra YO tendrá una voz de murciélago ronco para que me asuste. Las dos hablaremos en Jota. Cuando yo diga:

-Ja- yo debo responder:

- Jooo.

-Jajijo- digo yo.

-Jajijo, jooo- me respondo.

-Jumjanijasin

-jajojisonjajijo…

-Jajajajajaja- y me reiré de que nadie comprenda qué me estoy diciendo.

Despedida

Papá Grillo:

Voy a dejar esta carta encima del techo de la casa para que puedas verla desde lejos. Por si acaso llegas muy cansado del trabajo, sin ánimos para mirar hacia arriba, dejaré una copia dentro de tu vaso con agua. Sé que cuando llegas del trabajo lo segundo que haces es abrir el refrigerador; lo primero es dejar la amargura en el sofá. En última instancia, dejaré otra copia entre los libros que tienes en el baño y que te gusta leer mientras haces popó.

Tuve que salir urgentemente para las profundidades del océano Atlántico. La prima Bebe llamó desde España, está muy preocupada -pobrecita- , "la tierra tiene fiebre, necesita medicina y un poquito de amor que le quite la penita que tiene." En tantos años como doctora es la primera vez que ella no sabe qué hacer. El cielo –que todo lo ve- me dijo que en el Triángulo de las Bermudas, hace muchos años, se perdió una bufanda quitafiebre y un elefante chino que alivia la pena con inciensos de perejil. Además me dijo que puedo buscar en los restos del Titanic el amor de las personas que iban a bordo el día del naufragio; los que perecieron se llevaron su amor al fondo del océano.

No busques tu traje de buzo, lo tomé prestado. Usaré unas patas de gallina, las patas de ranas no me gustan. Como careta usaré los lentes del abuelo, tienen el aumento necesario para mirar bajo el agua, y un pitillo de calabaza como esnórquel.

Si en cuatro Lunas no regreso, escribe a España: *"Bebé, la grillita está en el océano Atlántico, dejó dicho que no regresará hasta traer la medicina para la tierra. Mientras tanto, hazle un té de pasiflora y cómprale unos caramelos de fauna."* Firma el mensaje a nombre tuyo y envíalo con alguno de los cometas que se quedaron atrapados en la mata de mamey. No da mameyes, pero anida cometas.

Dejé cinco besos debajo de tu almohada y las "buenas noches" en el sillón de mamá. Recuerda colorear las bolas de mi traje de payasa. Se lo presté al espantarecuerdos que hizo Reinaldo. Por favor, enmarca esta foto que me trajo el viento.

Se la quiero regalar al abuelo cuando despierte. Cómprale un juego de barajas y dile que es su premio por ganar el juego. Prometo que a mi regreso haré todo lo que me quedó por hacer. En las tardes te enviaré mensajes con las olas.

Con romerillo,

Tu hija.

P.D: Anoche soñé y soñé…

    con un murciélago manco;

    el murciélago era blanco,

    y en el sueño lo pinté.

    Lo pinté de azul clarito,

    con amor y con empeño;

    dime tú, Papá Grillito:

    ¿qué significa este sueño?

ÍNDICE